ÉPISODE DU 24 FÉVRIER 1848

NOTICE

CIRCONSTANCIÉE ET RECTIFICATIVE

DES FAITS AVANCÉS PAR M. DE LAMARTINE

DANS SON

HISTOIRE DE LA RÉVOLUTION DE 1848

SUR

LE DÉPART DU ROI

**Par un ex-officier supérieur de l'État-Major de la Garde
nationale de Paris.**

PARIS

IMPRIMERIE DE GUSTAVE GRATIOT

RUE DE LA MONNAIE, 11.

1850

ÉPISODE DU 24 FÉVRIER 1848

NOTICE

CIRCONSTANCIÉE ET RECTIFICATIVE

DES FAITS AVANCÉS PAR M. DE LAMARTINE

DANS SON

HISTOIRE DE LA RÉVOLUTION DE 1848

SUR

LE DÉPART DU ROI

Par un ex-officier supérieur de l'État-Major de la Garde nationale de Paris.

PARIS

IMPRIMERIE DE GUSTAVE GRATIOT
RUE DE LA MONNAIE, 11.

1850

ÉPISODE DU 24 FÉVRIER 1848

NOTICE

CIRCONSTANCIÉE ET RECTIFICATIVE DES FAITS AVANCÉS PAR
M. DE LAMARTINE, DANS SON HISTOIRE DE LA RÉVOLUTION
DE **1848**, SUR LE DÉPART DU ROI.

Le hasard fit tomber dans mes mains, il y a peu de jours, le premier volume de l'*Histoire de la Révolution de* 1 848, par M. de Lamartine, et j'y lus le récit qu'il fait du départ du roi des Tuileries (1). J'éprouvai quelque surprise des nombreuses erreurs qui s'étaient glissées dans la narration de ces faits contemporains. Témoin oculaire de tout ce qui s'est passé tant sur la place du Carrousel qu'à Saint-Cloud, à partir de sept heures du matin jusqu'à deux heures et demie de relevée, je crois devoir faire connaître, avec quelque détail, comment les choses se sont passées, afin que l'histoire n'en soit pas altérée dès son début.

J'ai d'abord hésité dans mon récit, obligé de parler de mes faits et gestes dont le public n'a que faire ; mais je n'ai pu trouver d'autre moyen d'apporter mon témoignage à l'histoire qu'en disant ce que j'ai vu et ce que j'ai fait.

En ma qualité de chef d'escadron attaché à l'état-major général de la garde nationale de Paris, j'étais

---

(4) « La duchesse, agenouillée devant le roi, resta longtemps dans cette attitude. On avait envoyé chercher des voitures de la cour ; la populace les avait déjà incendiées en passant sur la place du Carrousel ; une décharge des insurgés avait tué le piqueur qui allait les chercher. Il fallut renoncer à ce moyen de départ.

« Le roi sortit par la porte d'un souterrain qui communique de ses appartements au jardin des Tuileries. Il traversa à pied ce même jardin que Louis XVI, Marie-Antoinette et leurs enfants avaient traversé à l'aurore du 10 août en se réfugiant à l'Assemblée nationale, chemin d'échafaud ou d'exil que les rois ne refont jamais.

« La reine consolait le roi de quelques mots prononcés à voix basse ; un

à mon poste le 24 février, dès sept heures du matin,
comme les jours précédents. Déjà le duc de Nemours,
le maréchal Bugeaud, le général de Lamoricière étaient
à l'état-major, chez le général Jacqueminot indisposé.

La place du Carrousel était occupée militairement
par des dragons, des cuirassiers, un fort piquet de
gardes nationaux à cheval, un ou deux bataillons de
la garde nationale, quelques détachements de troupes
à pied, et quelques pièces d'artillerie.

Le ciel répandait sur Paris un jour sombre ; le temps
était un peu froid ; les alentours du Château, mais plus
particulièrement la rue Richelieu, étaient hérissés de
barricades. Cet ensemble offrait à l'œil un aspect impo-
sant, effrayant même, et bien fait pour attrister l'âme.

A neuf heures le maréchal Bugeaud parut sur la
place. Nous l'entourâmes ; il nous dit : « Mes amis,

« groupe de serviteurs fidèles, d'officiers, de femmes et d'enfants suivait en
« silence. Deux petites voitures de place, prises au hasard par un officier dé-
« guisé dans les rues où elles stationnaient pour le service public, étaient
« apostées à l'issue des Tuileries, à l'extrémité de la terrasse.

« Les forces surexcitées par la longue crise avaient défailli au grand air dans
« les nerfs de la reine. Elle sanglotait, elle chancelait, elle trébuchait au dernier
« pas. Il fallut que le roi la soulevât dans ses bras pour la placer dans la voi-
« ture ; il y monta après elle (1). La duchesse de Nemours, grâce et beauté de
« cette cour, monta éplorée avec ses enfants dans la seconde voiture, cherchant
« d'un œil inquiet son mari, resté aux prises avec les difficultés et les périls
« de son devoir. Un escadron de cuirassiers enveloppa les deux voitures ; elles
« partirent au galop sur le quai de Passy. A l'extrémité des Champs-Élysées
« quelques coups de feu saluèrent de loin le cortège, et abattirent deux chevaux
« de l'escorte sous les yeux du roi. On fuyait vers Saint-Cloud. »

(Histoire de la Révolution de 1848, par M. de Lamartine,
tome I, page 148.)

(1) Je suis heureux de n'être pas seul à contredire cette partie du récit de M. de
Lamartine. Voir dans la <i>Presse</i> du 24 mars 1850, un discours de M. Crémieux, qui
se trouve en opposition, sur ce fait, avec le célèbre écrivain.

« mes camarades , tout est terminé. L'ordre vient
« d'être expédié aux troupes de ne pas combattre, et
« d'annoncer que la police de Paris est confiée au
« patriotisme de la garde nationale. S'il y a du retard
« dans l'exécution , ce ne pourra être que par les
« difficultés que les officiers de l'état-major éprouve-
« ront à circuler dans Paris. »

Vers les neuf heures et demie, après avoir passé en
revue les deux bataillons de la garde nationale, le maréchal Bugeaud mit pied à terre sur la place. J'étais à
pied et placé à sa droite, quand un capitaine de l'état-
major général de la garde nationale vint lui rendre
compte, au nom du général qui commandait à la
Bourse, je crois, de ce qui se passait sur ce point. Le
maréchal, jugeant qu'il était utile qu'il s'y rendît, demanda son cheval; mais les officiers qui l'entouraient
s'y opposèrent avec instance. Il demanda pourquoi :
« Est-ce, dit-il, parce qu'on ne m'aime pas? » On
garda un respectueux silence. Il ajouta : « Quand il
« s'agit de sauver son pays de l'anarchie, on ne doit
« pas hésiter à monter à cheval. » Je crus alors devoir
lui faire part de ce dont j'avais été témoin le matin, à
la mairie du deuxième arrondissement; je lui dis qu'on
s'y informait avec anxiété du nom du personnage investi du commandement supérieur des forces militaires
et que son nom avait été accueilli par plusieurs avec
une défaveur non équivoque.

Il persista néanmoins à vouloir monter à cheval ;
mais on le supplia tellement de n'en rien faire, qu'il fut

obligé de céder; ne pouvant vaincre cette résistance, toute de dévouement pour sa personne, il se décida à aller en faire part au roi ou au duc de Nemours.

Peu de temps après, le maréchal Gérard, en bourgeois, monta à cheval, et se dirigea du côté de la rue de Rohan.

Le roi, en grande tenue, accompagné des princes, passa en revue, sur la place, à dix heures et demie environ, la garde nationale et les autres troupes qui y stationnaient. Il est exact de dire qu'il fut accueilli avec enthousiasme aux cris de « Vive le roi; » peu de cris de « Vive la réforme » se firent entendre. Le roi paraissait manifester la ferme volonté de se montrer dans Paris; on parvint à l'en détourner, et assurément on fit bien !

En effet, il était vraiment impossible de circuler dans les rues : de nombreuses et formidables barricades, vigoureusement défendues, s'y opposaient; le roi eût exposé inutilement sa vie en persistant dans son projet.

Le général de Lamoricière, qui venait d'être investi du commandement en chef de la garde nationale, instruit qu'une colonne de deux cent cinquante à trois cents individus, qu'on disait armés jusqu'aux dents, arrivait par la rue Richelieu pour pénétrer sur la place, monta bien vite à cheval et se porta au galop au devant de cette colonne; je le suivis. Pendant la lutte qui dura un quart-d'heure au moins, nous fûmes joints par les chefs d'escadron Morisseaux, de Lagalisserie de l'état-major de la garde nationale, le lieutenant Tanier du 7ᵉ hussards (en permission) qui contribuèrent, pour leur part, à contenir énergiquement cette troupe armée, dont le but était, à n'en pas douter, de s'emparer d'abord de l'état-major, où quatre à cinq mille armes étaient emmagasinées, et de marcher ensuite sur le Château. Enfin, après avoir couru bien des dangers, le général parvint à amener la colonne devant l'état-major, lui adressa une chaleureuse allocution, et obtint des individus qui la composaient, en leur annonçant que le ministère était changé, qu'ils renonceraient à tout projet hostile.

Ils exécutaient assez paisiblement leur retraite, lorsque tout à coup une forte fusillade, se faisant entendre dans la direction du Palais-Royal, les attira vers ce lieu ; ils y coururent pour prendre part au combat. Le général de Lamoricière les y suivit, et pour mettre fin à ce drame épouvantable, il se jeta dans la mêlée, où il fut légèrement blessé et son cheval tué.

Ayant eu, en résistant, le pied droit fortement froissé contre la borne placée au coin de la rue de Rivoli et de celle de Rohan, je fus obligé, à mon grand regret, de quitter le général, pour me remettre de la vive douleur que je ressentais.

Il était à peu près midi quand la nouvelle de l'abdication du roi commença à s'ébruiter, mais il n'y avait encore rien d'officiel. Dès ce moment, tout sur la place prit une physionomie lugubre, et il devenait urgent de fixer la garde nationale et la troupe sur les devoirs qu'elles avaient à remplir en cette triste occurrence.

Malgré la douleur que j'éprouvais à la jambe, je remontai à cheval; n'ayant aucune mission à remplir dans ce moment critique, je me mis à parcourir la place.

Ce fut alors que j'aperçus dans la cour des Tuileries le duc de Nemours sur le perron du pavillon de la Reine; je courus à lui pour m'informer si la nouvelle de l'abdication était vraie ou fausse.

Le prince était très ému; le général Dumas était à sa droite, dans le même état d'agitation. Sur ma demande : « Monseigneur, que faut-il annoncer? » le duc de Nemours envoya le général Dumas prendre les ordres du roi. Quelques minutes après, le général descendit et me dit à haute voix : « Commandant, annon-« cez que le roi signe en ce moment son abdication « en faveur du comte de Paris, avec la régence de la « duchesse d'Orléans. »

En partant pour transmettre cette triste nouvelle, je fus frappé d'étonnement de voir la cour des Tuileries entièrement dégarnie de troupes. Sur la place, il n'y avait plus que de la cavalerie qui n'aurait pu défendre la famille royale dans ses appartements. J'appelai un adjudant du palais et je me plaignis vivement de cette imprévoyance. Je lui ordonnai d'aller chercher des troupes immédiatement. Il n'était que temps, car le bruit de la fusillade qui se rapprochait faisait craindre l'envahissement prochain qui, en effet, eut lieu bientôt après.

Il courut du côté du Louvre, et peu d'instants après

il arriva avec une trentaine de gardes municipaux à
pied, commandés par un officier du corps. En les voyant
ainsi venir au pas de course, on eût dit qu'ils craignaient
de ne pas arriver assez à temps pour se faire tuer ; ils
étaient seuls pour combattre. Je les fis mettre en ba-
taille devant le perron de la Reine, et je passai sur le
quai des Tuileries, pour répandre la nouvelle de l'abdication.

Autant que je puis me le rappeler, il n'y avait de
troupes sur les quais qui bordent les deux rives de la
Seine que depuis le pont des Arts jusqu'au delà de
la place de la Concorde. Arrivé à la hauteur de la grille
qui fait face au pont Royal, je vis des gardes nationaux à cheval, dont plusieurs m'étaient connus, sortir
du jardin et venir à moi pour me questionner sur ce
qui se passait. Je leur appris l'abdication du roi. Cette
nouvelle les terrifia profondément. Ils prenaient le parti
de s'en aller; mais comme il y avait danger pour eux de
traverser la place, puis de s'engager dans les rues, je
crus devoir leur recommander de ne pas se retirer
isolément et de prendre les quais.

Pendant que je m'entretenais avec eux, ma vue dé-
couvrit dans le jardin un groupe noir qui paraissait
descendre du Château et se diriger vers la première
pièce d'eau ; je me hâtai d'aller le reconnaître.

C'étaient le roi et la reine, suivis d'une partie de
leur famille et de plusieurs personnes de distinction,
tous en bourgeois, à l'exception du duc de Montpensier et du général Dumas, qui portaient l'habit mili-

taire. Je revins au galop sur les quais; j'appelai à moi
les gardes nationaux à cheval que je venais de quitter
et leur dis : « Mes camarades, c'est la famille royale;
il faut l'entourer et la défendre, coûte que coûte. »
J'entre avec eux dans le jardin. Au même instant,
des gardes nationaux à cheval, qui étaient restés au
pied du grand escalier entre les deux jardins, et dont
j'ignorais la présence dans cet endroit, furent bien
vite placés autour du groupe royal par les soins du
chef d'escadron Savalette et des capitaines Jeanne de
la Roche et Latry, et je formai aussitôt une avant-garde.

Je dois dire, avant d'aller plus loin dans le récit des
faits, que dans ce moment rien au dehors du Château
ne transpirait sur le départ du roi; et cela est si vrai,
que beaucoup de gardes nationaux à cheval, de piquet
dans le jardin, venaient de le quitter, et que les gardes
nationaux qui stationnaient à la grille de l'Obélisque
n'étaient point prévenus; car, sans cela, l'officier aurait pris ses dispositions pour éloigner les groupes et
tout préparer pour assurer le passage de la famille
royale.

Une fois entré dans le jardin avec les gardes nationaux que je venais d'appeler à mon aide, ne recevant
d'ordre de personne et me doutant néanmoins que
c'était par la grille du pont de la Concorde qu'on vou-
lait sortir, je partis au galop pour la faire ouvrir et
m'assurer des dispositions de la garde nationale et des
groupes qui stationnaient sur la place.

Arrivé au milieu des gardes nationaux, ils se pres-

sèrent autour de moi. Je leur dis : « Mes camarades,
« c'est la famille royale qui va passer au milieu de
« vous; je compte que vous la protégerez, que vous
« la défendrez, comme je compte sur votre patrio-
« tisme... »

Le lieutenant Proux, qui les commandait, me dit en
me serrant la main : « Commandant, fiez-vous à nous. »
Ensuite il forma deux haies avec sa troupe. Je fus alors
au milieu des groupes, qui grossissaient et qui parais-
saient animés. Après quelques paroles prononcées avec
émotion et chaleur, j'obtins d'eux la promesse du silence et du respect.

Ainsi, toujours sans ordres et sans instructions, je
me hâtai de retourner vers le cortége royal, croyant
le trouver encore dans le jardin; mes appréhensions
furent grandes quand je le vis hors des grilles et déjà
engagé derrière la haie de gauche de la garde nationale. Craignant que cette conduite ne fût interprétée
par les gardes nationaux comme un sentiment de dé-
fiance, sentiment dangereux dans un pareil moment
et surtout en présence des groupes, je revins bien vite
me placer devant le roi et la reine, et d'une voix haute
et ferme, mais cependant respectueuse, je priai Leurs
Majestés de passer au milieu de la garde nationale, ce
qu'elles firent aussitôt, en retournant sur leurs pas et
en parcourant les deux haies. La garde nationale pré-
senta les armes et cria : « Vive le roi ! »

Cette manifestation fit un heureux effet sur les groupes. Je suppliai encore le roi et la reine de passer sans

crainte au milieu du peuple, ce qu'ils firent avec la plus grande confiance.

Au même instant, un petit coupé bourgeois bleu foncé, *attelé d'un bel et bon cheval noir*, qui stationnait, avec un cabriolet, à gauche du pont Tournant, approcha vivement du roi. Aussitôt des groupes se pressèrent autour de la voiture. Ce mouvement fit naître soudainement des craintes. Les gardes nationaux se hâtèrent de dégager la voiture. Pour moi, je poussai brusquement mon cheval derrière le roi et la reine pour éloigner les groupes.

Heureusement l'apparition du général Regnauld-Saint-Jean-d'Angély, qui fut bientôt auprès de la voiture avec le colonel Rebles, à la tête de deux escadrons de son régiment (2me de cuirassiers), et que suivaient deux officiers supérieurs de la place, MM. de Lavaucoupet et Anselme, vint imposer à la foule. Il y avait aussi des cuirassiers du 7me régiment. Le roi monta le premier, prit la place de gauche ; la reine prit ensuite celle de droite. Les deux fils du duc de Nemours furent placés dans la voiture du roi par les soins du colonel Desperay de Neuilly, du 3e chasseurs, qui avait porté un de ces enfants depuis le Château.

Le capitaine Bazire, de l'état-major, en tenue militaire, et qui avait suivi la famille royale depuis le Château, sauta sur la partie gauche du siége ; le garde du château Suppli, en tenue militaire, s'élança sur la partie droite, et, sur un signe, la voiture fut enlevée au galop.

Le colonel Montalivet, indisposé, monté sur un

cheval de cuirassier, les capitaines Jeanne de la Roche et Latry, les officiers Ampert, Contour et les gardes nationaux Molinet, Barthélemy, Wacrenier, Ferdinand Bosquet, Aguado, Desgranges, Aubert, Dieu, Keller, Dufour et autres, vinrent se joindre à nous et formèrent la grande escorte.

Le général Regnauld-Saint-Jean-d'Angély se plaça à la portière de gauche, où je me mis aussi, et le colonel Rebles à la portière de droite. Pendant le trajet, qui fut parcouru au grand trot allongé, la reine nous honora souvent de signes bienveillants de haute satisfaction. Nous arrivâmes au château de Saint-Cloud à une heure trois quarts environ; le roi et la reine descendirent de leur coupé, ainsi que la duchesse de Nemours, le duc de Montpensier, le général de Rumigny, le général Dumas, etc., qui se trouvaient dans les deux autres petites voitures.

Le roi et la reine, en nous pressant affectueusement les mains, nous chargèrent, le commandant Savalette et moi, de remercier pour eux la garde nationale. Le duc de Montpensier me serra dans ses bras; il paraissait en proie à de grands tourments; il ne savait ce qu'était devenue la duchesse sa femme.

Leurs Majestés montèrent dans leurs appartements. Pendant ce temps, on distribua à l'escorte un peu de pain et un peu de vin.

Le roi était très affecté et abattu; sa démarche était pénible; il paraissait absorbé en d'amères pensées.

La reine, malgré la douleur qui brisait son âme,

était sublime de noblesse dans ce moment solennel ; on voyait des larmes couler lentement sur son visage demeuré calme.

La duchesse de Nemours, les traits altérés et inondés de larmes, était anéantie, accablée sous le poids d'une cruelle anxiété, car le duc de Nemours était resté près de la duchesse d'Orléans.

Pendant que nous nous rendions à Saint-Cloud, le peuple s'était emparé des Tuileries ; ce qui nous le fit croire fut une immense colonne de fumée qui semblait, de la cour du château de Saint-Cloud, planer sur les Tuileries, et nous donnait à penser que les évènements de Paris se succédaient avec la rapidité de l'éclair.

Craignant pour la sûreté de la famille royale, il fut convenu entre nous que nous conseillerions son prompt départ de Saint-Cloud. En effet, il n'y avait pas de troupes à pied pour la défendre dans ses appartements, en cas de surprise. La cavalerie qui avait formé l'escorte n'aurait pas pu abandonner ses chevaux pour résister à une attaque dans le château. Il y avait donc tout à craindre à une si faible distance de Paris.

Je montais pour exprimer nos vœux, lorsque je rencontrai le général de Rumigny, qui se chargea de les porter immédiatement au roi et à la reine. Peu de minutes après le duc de Montpensier descendit, et donna à haute voix l'ordre d'amener sans délai toutes les voitures et tous les chevaux disponibles.

En attendant les voitures, qui arrivèrent promptement, le roi fit dire au colonel Montalivet de se rendre auprès de lui. On me fit demander mon nom et on m'invita à monter. Arrivé dans les appartements, je fus chargé par la reine d'une lettre à l'adresse de M. Delatour, au Palais-Royal, chargé des commandements du duc de Montpensier. Cette lettre concernait la duchesse sa femme.

Les voitures arrivèrent et la famille royale partit, en nous laissant dans une profonde consternation.

La comtesse Dolomieu et une autre dame s'adressèrent à nous, tout éplorées de ne pouvoir suivre la reine, car les voitures manquaient; nous ne pouvions leur en procurer; je leur conseillai de ne rentrer à Paris que le lendemain.

Toute l'escorte reprit le chemin de Paris. Nous cheminions, lorsque le général Boyer, aide de camp du roi, passa auprès de nous, suivant la même direction, accompagné seulement de MM. les officiers supérieurs de Lavaucoupet et Anselme. Je le joignis. Il allait à la recherche du duc de Nemours. Ne le rencontrant pas, nous nous séparâmes à la hauteur du pont des Invalides.

Pour rentrer chez moi, j'avais encore bien du chemin à faire et des difficultés à vaincre, exposé à chaque pas aux défiances du peuple par mon uniforme d'état-major et mon cheval en partie couvert de boue. J'y parvins, cependant, après de pénibles efforts.

Après avoir quitté mon uniforme, je descendis au Palais-Royal, pour remettre la lettre dont j'étais chargé. Je le trouvai envahi par le peuple et une partie ravagée par les flammes. Il me fallut attendre au lendemain, où, après bien des recherches, j'appris très tard, dans les boutiques entr'ouvertes, l'adresse de M. Delatour, à qui je remis la lettre de la reine contre son reçu.

Je dois affirmer, en terminant, que tous ces détails, dont je pris note quelques jours après, sont de la plus absolue exactitude. Je n'ai songé à les livrer à la publicité qu'afin que l'histoire de ces grands événements ne demeurât pas tronquée sur l'autorité d'un illustre écrivain, incomplétement renseigné.

En résumé, et contrairement à ce qu'a dit M. de Lamartine, je puis affirmer :

1° Qu'il n'y a eu ni piqueur tué, ni voitures de la cour brûlées sur la place avant le départ du roi ; les troupes qui y stationnaient s'y fussent opposées.

2° Que le roi, suivi de sa famille, n'a pas parcouru le souterrain, mais qu'il est descendu dans le jardin par le grand escalier, au bas duquel se trouvait un piquet de gardes nationaux à cheval.

3° Que la reine, courageusement résignée, n'a pas cessé de soutenir le bras droit du roi jusqu'à la voiture, et qu'elle l'aida à y monter.

4° Que les enfants ont bien été placés dans la voiture du roi par les deux personnes qui les avaient portés.

5° Que la voiture où se trouvait le roi était bourgeoise et non publique.

6° Qu'il n'a pas été tiré un seul coup de fusil sur l'escorte pendant son trajet de Paris à Saint-Cloud.

7° Et qu'enfin, la garde nationale a, comme l'armée, partagé l'honneur de l'escorte.

J. PÉGOUT,

Actuellement capitaine commandant la 3e compagnie
du 2e bataillon de la 2e legion.

13, rue Neuve-...